1er décembre 1873

[Lasquin]

Vente des Lundi 1er et Mardi 2 Décembre 1873.

SALLE N° 8.

COLLECTION DE FAIENCES

VERRERIES, ÉMAUX, ARMES

OBJETS EN CUIRS ET DIVERS

ÉTOFFES

EXPOSITIONS :

PARTICULIÈRE	PUBLIQUE
Le Samedi 29 Novembre 1873	*Le Dimanche 30 Novembre 1873*

COMMISSAIRE-PRISEUR :

Me CHARLES PILLET, 10, rue de la Grange-Batelière.

EXPERTS :

M. CHARLES MANNHEIM,	M. CARLE DELANGE,
7, rue Saint-Georges.	7, quai Voltaire.

Canaletti Melle

Guarza Heiguer

Lely

Cadre faicly Doem

D. heem van Merle

V. Hove

Teniers

Netzger

Dow

Gerard

Mieris

Dirk Maas

Breughel

Gerbrich

[illegible]

[illegible]

[illegible]

[illegible]

[illegible]

[illegible]

CATALOGUE

D'UNE

COLLECTION DE FAIENCES

Verrerie — Émaux — Armes

Objets en cuirs et divers — Étoffes

DONT LA VENTE AURA LIEU

HOTEL DROUOT, SALLE N° 8

Les Lundi 1er et Mardi 2 Décembre 1873

A DEUX HEURES

Par le ministère de Me CHARLES PILLET, Commissaire-Priseur,
10, rue de la Grange-Batelière,

Assisté de M. CHARLES MANNHEIM, Expert, 7, rue Saint-Georges,

Et de M. CARLE DELANGE, Expert, 5, quai Voltaire,

Chez lesquels se trouve le présent Catalogue.

EXPOSITIONS { *PARTICULIÈRE* : le *Samedi* 29 *Novembre* 1873.
PUBLIQUE : le *Dimanche* 30 *Novembre* 1873.

DE UNE HEURE A CINQ HEURES.

CONDITIONS DE LA VENTE

Elle sera faite au comptant.

Les acquéreurs payeront, en sus des adjudications, *cinq pour cent* applicables aux frais.

L'exposition mettant le public à même de se rendre compte de l'état des objets, il ne sera admis aucune réclamation une fois l'adjudication prononcée.

PARIS. — Imprimerie PILLET FILS AINÉ, rue des Grands-Augustins, 5.

DÉSIGNATION DES OBJETS

TERRES ÉMAILLÉES ET FAIENCES

1 — Bas-relief en terre émaillée de Luca della Robbia, représentant la Vierge et saint Jean adorant l'enfant Jésus. Dans le fond, le Saint-Esprit et deux têtes de chérubins. Pièce de la plus belle qualité. Cadre en bois sculpté moderne.

2 — Bas-relief en terre émaillée de Luca della Robbia, représentant la Vierge adorant l'enfant Jésus. Dans le fond, le Père Éternel dans une gloire d'anges. Bordure d'oves. Cadre en bois sculpté moderne. Très-jolie pièce.

3 — Grand et beau plat représentant la Décollation de saint Jean. Les personnages en costume du xve siècle. Bordure à fond bleu, décorée d'enfants dansant et jouant des instruments, et de médaillons à portraits en camaïeu jaune. Pièce capitale de Caffagiolo.

4 — Plat représentant Narcisse à la fontaine; fabrique d'Urbino.

5 — Jolie tasse et sa soucoupe en porcelaine de Capo di Monte, avec sujets et feuillages en relief.

VERRERIES

6 — Grande et belle coupe à piédouche en verre, le fond godronné, décoré d'imbrications émail et or. Venise, XVIe siècle.

7 — Jolie coupe basse en verre bleu à décor d'écailles or rehaussé d'émaux de couleurs. Venise, XVIe siècle.

8 — Grand et beau calice à bossages avec nœud doré, en verre de Venise, XVe siècle.

9 — Joli vase à piédouche élevé, à panse ronde ornée de filets blancs et ouverture en forme de tulipe.

10 — Joli vase en verre vert avec monture et anses en cuivre doré, XVIe siècle.

11 — Jolie coupe basse en verre godronné, avec bord décoré d'écailles or et émaux de couleurs. Venise, XVIe siècle.

12 — Coupe à piédouche et nœud en verre jaune. XVIe siècle.

13 — Coupe à piédouche en verre opalisé. XVIe siècle.

14 — Seau à rafraîchir à anse en verre imitant la glace. Travail vénitien.

15 — Autre semblable.

16 — Vase à boire sur pied élevé, à surprise. Pièce fine.

17 — Verre replié sur pied élevé à balustre.

18 — Petit verre forme tulipe sur pied élevé.

19 — Deux coupes basses à oreillons et mascarons dorés avec couvercles. XVe siècle.

20 — Coupe à bossages sur pied à balustre.

21 — Coupe sur pied cannelé.

22 — Verre à boire en verre violet sur pied en verre blanc strié.

23 — Petit verre à boire en forme de calice replié.

24 — Jolie burette en verre opalisé.

25 — Petit vase à gouttes en verre blanc à oreillons.

26 — Petite bouteille en verre bleu rayé de blanc.

27 — Joli petit verre sur pied élevé à oreillons mobiles en verre blanc.

28 — Petite coupe à oreillons en verre bleu.

29 — Deux flacons en verre aventuriné.

30 — Autre flacon en verre vert, monture en argent.

31 — Flacon en verre de couleur imitant un citron.

32 — Plaque de glace en verre gravé et doré, représentant le portrait de Charles-Emmanuel, roi de Sardaigne, etc., dans un médaillon soutenu par deux anges sur le fond d'un manteau royal.

33 — Un lot de plusieurs pièces de verreries.

CUIRS GAUFRÉS

34 — Bouclier en cuir gaufré richement décoré à l'intérieur et à l'extérieur de figures arabesques et feuillages. Pièce remarquable du XVIe siècle.

35 — Bouclier en cuir gaufré richement décoré à l'intérieur et à l'extérieur de figures arabesques et de feuil-

lages. Au centre, Persée délivrant Andromède. Très-belle pièce du XVIe siècle.

36 — Coffret de forme rectangulaire en cuir gaufré décoré d'arabesques et rinceaux. XVIe siècle.

37 — Coffret en forme de dôme en cuir gravé et doré, dans le genre des reliures de la fin du XVIe siècle.

38 — Dossier de chaise en cuir gaufré décoré d'arabesques et figures.

39 — Étui pour écuelle en cuir gaufré, décoré d'arabesques et feuillages. XVIe siècle.

40 — Grand étui d'instrument à corde à long manche en cuir gaufré décoré d'arabesques. Commencement du XVIe siècle.

41 — Poire à poudre en cuir décorée d'un sujet de chasse. Fin du XVIe siècle.

42 — Poire à poudre en cuir à décor d'arabesques et feuillages. XVIe siècle.

43 — Poire à poudre en cuir en forme de coquille. XVIe siècle.

44 — Poire à poudre ronde en cuir gaufré avec monogramme. XVIe siècle.

45 — Poire à poudre en cuir à décor d'arabesques et animaux chimériques.

46 — Fonte de pistolet en cuir gaufré décorée d'arabesques. Fin du XVIe siècle.

47 — Autre analogue.

48 — Étui rond en cuir gaufré décoré d'arabesques. XVIe siècle.

49 — Trousse de chasse en cuir gaufré décorée d'arabesques et animaux chimériques. XVe siècle.

50 — Étui à coutelas en cuir gaufré décoré d'arabesques. XVe siècle.

51 — Petit nécessaire de voyage en cuir gaufré avec armoirie. XVe siècle.

52 — Petite trousse en cuir gaufré à décor d'arabesques. XVIe siècle.

OBJETS DIVERS

53 — Baiser de paix en émail de Venise représentant l'Ecce Homo. Travail remarquable de la fin du XVe siècle.

54 — Trois petites plaques en émail de Venise représentant des figures de saints. Commencement du XVIe siècle.

55 — Jolie petite plaque en émail de Limoges représentant la Descente de Croix. Émail coloré de Pierre Raymond.

56 — Autre petite plaque représentant saint Pierre portant sa croix, par Jean Courtois.

57 — Plaque en émail grisaille représentant Dieu le Père soutenant le Christ mort, en haut le Saint-Esprit. Signé : F. D. 1514.

58 — Plaque en émail représentant la Vierge dans une gloire apparaissant à un saint et à une sainte agenouillés. Signée : Laudin, faubourg de Manigne à Limoges.

59 — Petite bourse en émail représentant deux figures en costumes du temps de Louis XIV, portant les noms de Zenobie et Sémiramis, par Noailhier.

60 — Plaque en forme de cœur en émail représentant la Vierge, l'Enfant et un ange. Époque Louis XV.

61 — Petit plat à ombilic et godrons en émail de Venise.

62 — Navette à encens, de même travail.

63 — Écuelle de forme oblongue à deux petites anses. Même travail.

64 — Coupe ronde à pied élevé, de même travail.

65 — Petit coffret carré, de même genre.

66 — Petite bouteille forme gourde. Même travail.

67 — Grand et beau coffret de forme rectangulaire décoré de stucs peints et dorés à feuillages, arabesques et figures. Le couvercle élevé et à gorge est décoré de sujets de chevalerie. Pièce ancienne du xve siècle.

68 — Autre coffret de travail analogue avec médaillons et têtes de lions en relief. Même époque.

69 — Joli coffret en forme d'arche en fer damasquiné d'or et d'argent. Travail italien. xvie siècle.

70 — Coffret de forme hexagonale à couvercle surélevé incrusté de marqueterie et décoré de bas-reliefs en os sculpté. Travail italien. xve siècle.

71 — Bouteille en faïence bleue avec monture en étain fin. xvie siècle.

72 — Joli bassin en bronze décoré d'arabesques et d'inscriptions damasquinées d'argent. Travail oriental du xvie siècle.

73 — Petit bassin de même travail.

74 — Autre de même travail.

75 — Grand trépied en fer forgé du xve siècle.

76 — Autre analogue du XVe siècle.

77 — Autre trépied en fer du XVIe siècle.

78 — Joli calice en cuivre doré décoré d'émaux sur argent : sur le pied une armoirie. Travail vénitien du XVe siècle.

79 — Croix en cuivre avec christ en relief en émail de Limoges. XIIIe siècle.

80 — Christ en cuivre émaillé. Travail limousin du XIIIe siècle.

81 — Pixyde à couvercle pointu en cuivre émaillé. Travail limousin. XIIIe siècle.

82 — Croix en cuivre gravé. Travail français. XIVe siècle.

83 — Reliquaire en cuivre gravé à toit en forme de flèche. Travail italien. XVe siècle.

84 — Autre reliquaire à toit en forme de dôme. XVIe siècle.

ARMES

85 — Belle épée à garde contournée et à quillons droits, damasquinée d'or et d'argent. XVIe siècle.

86 — Épée à pommeau formé par une tête de nègre, la traverse à quillons recourbés terminés par deux têtes ; la garde ciselée avec médaillons ; le tout damasquiné d'argent. Lame repercée à jour. Venise, XVIe siècle.

87 — Épée à traverse à quillons recourbés ; pommeau et garde-main damasquinés d'argent. Commencement du XVIe siècle.

88 — Épée à garde contournée, à quillons droits. Le tout damasquiné d'argent en relief et doré dans les fonds.

89 — Épée à garde contournée en fer forgé imitant des cordes nouées ensemble. Bonne pièce.

90 — Petite épée à pommeau formé par une tête casquée et quillons pareils recourbés.

91 — Belle épée à coquille, très-finement repercée à jour, pommeau ciselé, traverse simple. Espagnole.

92 — Épée à coquille et garde contournée et repercée à jour.

93 — Épée en fer à garde contournée, à un seul quillon recourbé ; le pommeau et toutes les parties décorées de coquilles ; traces de damasquine.

94 — Belle épée à coquille repercée à jour, pommeau ciselé.

95 — Epée à coquille, garde et traverse repercés à jour. Pommeau ciselé. XVe siècle.

96 — Epée à garde contournée et à double coquille ciselée et repercée à jour. Pommeau à médaillons ciselés. XVIe siècle.

97 — Epée à garde contournée, quillons recourbés, coquilles repercées à jour.

98 — Jolie épée à coquille finement ciselée et repercée à jour. Pommeau ciselé et traverse tordue en forme de corde.

99 — Epée à double coquille repercée à jour, en forme de corbeille.

100 — Epée à panier, garde contournée, avec pommeau cannelé; la lame porte une marque incrustée en argent.

101 — Epée à garde contournée et à pommeau cannelé.

102 — Epée à garde contournée et à quillons recourbés en fer noir.

103 — Epée à garde contournée, à quillons recourbés, et à double coquille.

104 — Autre épée de même genre, les coquilles repercées à jour.

105 — Épée à pommeau et à traverse simple, les quillons recourbés. Entièrement ciselée et repercée à jour. Commencement du xvie siècle.

106 — Petite épée à pommeau ciselé, quillons droits et petite coquille plate ciselée et repercée à jour.

107 — Épée courte à garde contournée en fer forgé et ciselé, quillons droits. xvie siècle.

108 — Épée à garde contournée en fer forgé et tordu imitant la corde. xvie siècle.

109 — Épée courte, garde ciselée, petite coquille formant garde-main, repercée à jour.

110 — Épée en fer noir à large pommeau et à garde à quillons recourbés.

111 — Épée à coquille, à quillons recourbés, ciselée et repercée à jour.

112 — Autre épée analogue.

113-130 — Dix-huit épées à gardes, coquilles et formes diverses. Seront divisées.

131 — Diverses épées de toutes formes et époques. Seront vendues par lots.

132 — Coutelas à large lame, quillons recourbés, garde et pommeau formés par deux lions. xve siècle.

133 — Jolie dague à poignée courte et évasée, avec fourreau en fer repoussé et ciselé et garniture en fer tordu imitant la vannerie. XVIe siècle.

134 — Jolie dague à lame cannelée, traverse ciselée avec médaillon, quillons en forme de têtes; fusée en fer ciselé et pommeau reperçé à jour.

135 — Autre dague à traverse simple repercée à jour, pommeau ciselé.

136 — Dague à traverse simple, terminée par une tête chimérique; pommeau en forme de tête.

137 — Petite dague, main gauche, à coquille repercée à jour.

138-142 — Cinq dagues de formes diverses. Seront divisées.

143 — Marteau d'armes en fer, entièrement couvert d'arabesques damasquinées d'or et d'argent. Travail vénitien de la plus grande finesse d'exécution. Pièce remarquable.

144 — Autre marteau semblable au précédent.

145 — Paire de gantelets en fer avec ornements et inscriptions en cuivre doré. Travail du XIVe au XVe siècle. Pièces très-rares.

146 — Petite poire à poudre en cuivre ciselé repercé à jour et émaillé, décorée de sujets guerriers. Travail du XVIe siècle.

147 — Bois de lance peint, de forme allemande.

148 — Bois de lance peint et doré avec arabesques, de forme italienne.

149 — Grand fer de lance gravé, portant des inscriptions.

150 — Hallebarde à long fer, décorée de gravures.

151 — Hallebarde porte-mèche en fer gravé, repercée à jour et ciselée.

152 — Hallebarde en fer repercé à jour avec nœud formé par des mascarons.

153 — Autre hallebarde de même nature.

154 — Petite hallebarde en fer gravé et doré.

155 — Fer de drapeau gravé, portant l'aigle à deux têtes.

156 — Vingt-sept hallebardes, fauchards, fers de lance et autres de toutes formes. Seront divisés.

157 — Diverses pièces d'armes, poires à poudre, masses, clefs et autres. Seront divisées.

158 — Armure complète à tassettes avec casque à visière à grille. XVIe siècle.

159 — Demi-armure à tassettes de même genre.

160-162 — Deux casques et un bouclier en fer gravé. Seront divisés.

163-165 — Trois cottes de mailles européennes. Seront divisées.

166 — Grand fusil de rempart avec bois entièrement incrusté d'ivoire et gravé. Pièce curieuse comme dimension.

167 — Pistolet à pommeau avec bois incrusté d'ivoire et gravé. XVIe siècle.

168 — Autre de même genre.

169 — Petite arbalète incrustée d'ivoire.

170 — Grande arbalète de rempart, munie de son crannequin.

171 — Plusieurs arbalètes et mousquets de formes variées. Seront divisés.

ARMES ORIENTALES

172 — Poignard à lame en damas, poignée en agate montée en filigrane d'argent, avec fourreau garni de même et enrichi d'agates, de lapis, etc., et terminé par une perle baroque.

173 — Poignard, lame damas, poignée dent de morse, garnie d'argent doré et de corail.

174 — Coutelas, lame en damas. Poignée en agate sculptée, terminée par une tête de lion.

175 — Sabre à poignée et fourreau en argent repoussé et ciselé.

176 — Petit couteau de même genre.

177 — Sabre recourbé, à poignée d'ivoire, avec garniture en acier damasquiné d'or; lame richement incrustée d'argent.

178 — Autre sabre recourbé à lame simple.

179 — Poignard manche en acier damasquiné d'or.

180 — Poignard, lame damasquinée; poignée en dent de morse.

181 — Poignard recourbé, poignée en corne, fourreau et garniture en argent.

182 — Autre du même genre avec garniture en cuivre.

183 — Petit poignard à poignée et fourreau en argent garnis de pierres.

184 — Poignard droit circassien, monté en argent, avec fourreau niellé.

185 — Couteau droit, manche ivoire, lame damasquinée d'or ; le fourreau renferme en outre un couteau et une fourchette.

186 — Pistolet avec garniture en cuivre gravé, enrichie de nacre et de coraux.

187 — Hache d'armes dont le fer est damasquiné d'argent.

188 — Masse d'armes damasquinée d'or.

189 — Sabre droit, lame gravée, poignée en argent niellé.

190 — Diverses pièces d'armes orientales. Seront divisées.

ÉTOFFES

191 — Devant d'autel en broderie d'or, d'argent et de soie, représentant le Couronnement de la Vierge et les douze apôtres. Joli travail du xve siècle.

192 — Quatre morceaux de velours rouge sur fond d'or à dessins, dans le style oriental du xve siècle. Environ 2 m. 60 cent.

193 — Morceau de velours chamois sur fond d'or à dessins, dans le style oriental. xve siècle. — Long., 65 cent.

194 — Velours à dessins rouges sur fond argent. xvie siècle. — Long., 2 m. 20 cent.

195 — Morceau de velours à petits dessins rouges sur fond argent. xvie siècle. — Long., 1 m. 35 cent.

196 — Beau morceau de brocart d'or, d'argent et de soie, à décor dans le style oriental. Travail du xve siècle. — Long., 2 mètres.

197 — Bande de même travail. — Long., 2 m. 20 cent.

198 — Bande en brocatelle tissée d'or à feuillages et figures. xve siècle. — Long., 2 mètres.

199 — Autre variée. — Long., 3 mètres.

200 — Autre de même genre. — Long., 1 m. 50 cent.

201 — Etoffe vénitienne de soie quadrillée, tissée d'or à fleurettes de couleur. — Environ 9 m. 50 cent.

202 — Sous ce numéro seront vendus les objets omis au présent catalogue.

www.ingramcontent.com/pod-product-compliance
Ingram Content Group UK Ltd.
Pitfield, Milton Keynes, MK11 3LW, UK
UKHW021039260726
13994UKWH00005B/2258

9 782329 365916